枕石漱流

钱亚 著

科学普及出版社 · 北京

目录

枕石漱流

诗人·钱亚

叹阮籍

追求老庄自然无为，纵情山水傲然不羁。
文坛杰出精通音律，思想深刻哲学著名。
心性高洁偏遇非人，山穷水尽恸哭痛今。

叹梨花雨

梨花风华如云，雨催飞瓣似雪。
满地芬芳含泪，幽幽空枝叹息。

凄美

雨催梨花雪陨落，最是花中销魂哭。
广陵绝唱凄美音，弹响人类最美殁。

叹嵇康

若孤松之独立，玉树临风。
若玉山之将崩，风姿特秀。
龙章凤姿卓然不群。
风华绝代才情超群。
诗文优美，文章锦绣，出类拔萃。
玄学著名逻辑严密，磅礴气势。
书画精光照人，芳逾众芬。
音乐家，首屈一指。
嵇康，中国古代少有，全能。
几百年一遇，奇迹。
嵇康，秉承独立之精神，
自由之思想。
爱憎分明。

天赋风度与才华。

更存，善良宽厚之涵养。

方中之美范，人伦之胜业也。

竹林七贤之灵魂。

真善美之君子，横空出世，却黯然终结。

梨花带雨，坠落，幽映日光里。

《广陵散》，犹如一只苍鹰呼啸，如泣如诉，

如怨如怒，穿透了当时万人的心灵。

仿佛响箭，击中了今人的情。

琴声戛然而止。

一代天骄，最凄美的陨落与高贵的灵魂重生。

凤凰最美的涅槃。

广陵绝唱未绝。

叹「竹林七贤」

竹林七贤逢魏晋，直教古今销魂。
萍聚人生一盛宴，绿池辉今。
星散荒凉乱世，自由真情动人。
撼一曲红尘哀歌，《广陵散》绝。

明月有情

如果明月凝霜，吹响你的长箫。
无妨带着追问。
如果明月有泪，捧起你的云朵，用云织成锦夜。
如果明月温暖，带上你的深情，举杯与月同醉。

梨花春意

花的开，纯情在春天。
透香的白雪，浮动成繁云。
温暖在春阳里，
素艳迷蜂、迷蝶，
惊了山水。
人叹仙株天地。
花有爱，风雨无情。
一夜白雪散落，
玉损香消为尘。
春未离。
梨花落。
一次春意。
一场繁华与凋零。

秋叶说

既然秋风已扫过，千枝，你就不要问万叶的飘落。
既然分别是离缘，就不要执著挽留。
二世的绿叶，我已拜托下一个春天，那便是今生与你缘的又逢。
今生的秋风是一场盛宴，散席后是我们来生的梦。
将是春的又一次热爱。
感谢秋风。
告别秋风。

敬古竹之韵

竹林七贤最风流，山高水长才情种。
心藏高贵与美好，广陵绝唱不可复。
曲终人散精神在，今人诚拜古竹风。

此时感慨

初冬未寒，柳絮织绿云。
烟浦花桥如春里，疑惑买断春季。
雁传霜冻巫溪，山崖红叶醉水。
恍如听说仙境，醒悟最迷霜时。

谁种下的花树

已是冬，那一棵花树是谁种下，人却没留。
早已过了春夏秋。
有谁曾见过花开又花落？
如今独树正与冷云共织冬的景色。谁曾种下此树，
你那里是哪个国度？
是否也立冬？

双艳

是梨花落如雪，
还是雪落如梨花？
如此素洁如此冷。
如此轻盈美绝。
春里的稍纵即逝。
冬里的执著成冰。
逝去的化为尘泥带泪，
成冰的雕塑白雪深情。
梨花，
如冰雪香魂。
雪花，
如梨花冷美。
双艳绝春冬。

明月如新

小时候，爱看月。明月好高远，总朦胧在云烟。
总在走。我也跟着走，还如影随行。
月下聚会叽叽喳喳，忘乎所以。
长大后，月亮明净，妩媚又庄重。
明月照花丛。洗尽竹影婆娑。
又见，明月落入了江河，变成千片碎银，万般零乱。
与水共度。
暮年，常见，月照山河，月挂疏桐。
分外明。夜深沉，月温暖。
清风常有，明月总宁静。
听叶落，似曾当年——少年朋友稚音、亲人暖声。
明月，如此新，如此近。
月下已是，不是当年孩提时。

人间春秋

昨夜明月照山河，笑声伴灯火。
人间话语如星辰，年年说、转眼非昨。
看尽春华秋实，暗惊草已成木。
今又细雨未先告，湿染鬓雪弱。
天下弹指挥间过，雨也酒、风云添浓。
昨夜今晨平常，霜雪就是春秋。

更待寒重时

山河湿云冷，玻窗布满霜色。
风袭帘舞半卷，寒颤知冬临。
年年雪来终成冰，为暗香凝结。
相思寄情香雪，更待寒重时。

为何来去匆匆

寒夜匆匆行人，霜月可知归途？
消失茫茫中，今夜背影缘薄。
人生，人生，为何来去匆匆？

荷叶盛塘

翡翠高低叠满塘，风吹似见绿水漾。
玉盘滚动水晶珠，千朵碧云伴仙驾。

秋水红叶

水波生雾峭壁，秋风问遍红叶。
枫落寒江声冷，霜玉轻吻烟碧。

休为寒潮瘦

重来寒风，扫尽残花落。
又是当年冬时，霜来冻、不商榷。
休为寒潮瘦，篝火烫美酒。
自古秋尽是冬，雪若来、与梅度。

情等千般寻

桥上一人是谁？月升。
水中空成影。
为谁等到月斜时，只听风吹水。
多情总是伤神，月沉。
东方已露明。
不如乘舟渡万水，
情等千般寻。

飞花梦

问花为何要落，
是否风雨能懂？
如何叶不随从？
只因花有蝶梦。
蝶雨恋花千古，
飞花成蝶是绝。

问苍穹

莫高窟黄沙铸就，洞藏经华夏宝库。
天地间金碧辉煌，佛祖光温暖夜昼。
却悲愤外国强盗，也伤痛国人当初。
问流失回归何时？灿烂光属于中华。

叹梨花

一年一春一梨花，却在夏前销魂。
香消摧残落如雨，遍地白雪。
既是终成雪花，为何不开冬季？
若与梅花共冰国，冷艳双绝。

蜂蝶为春舞

一夜春风来，绽放满山春色。
心动蝶为春舞，见红花羞涩。
又蜜蜂徘徊甜言，花香气袭春。
看蜂蝶月下，花柔情似水。

藤蔓韵律

千姿百态。
纵横遍山野。
如丝如弦，石为琴身。
土育音色。
恰飞天正弹。
似月宫壁影。
如瀑如天雨，恰黄河恰三叠泉。
涌出生命之响。
泥蕴画意诗音，石说灵魂。
藤蔓绵延，呈现千年起伏。
坚韧蓬勃。
韵与律，山河作证。
上天晓音。

藤葛山石

千古山石，苍茫于天地。
嶙峋的身躯，挺立了生命的精神。
坚硬，却蕴藏，似水柔情。
滋养藤葛纵横。
青藤绵延。
石心厚道，吐出清凉，是甘露。
自身却贫。
藤葛青翠欲滴。
藤葛山石，生命交织。
缠绵与屹立。
山石历经沧桑，厚重，是历史。
藤葛，是千年硝烟里，
不灭的风华柔情。

鸟为春色鸣

春暖万木新，听鸟为春色鸣。
飞影与云成曲，为唱春之美。
纵情千山与万水，灵动音声声。
春月小溪绿林，百鸟翩翩鸣。

春风卷帘

——献给孙孙

春风卷帘暖，送来春的喜讯。
窗前红花绿叶，有蝴蝶千百。
放眼千山都是新，正蓬勃生机。
春日照进窗内，飞进蜜蜂嘻。

疏星燃清河

暮云朦胧夜空，难挡星光诉说。
天地纵然遥远，清水明镜灵通。
水洁鱼也不染，疏星点燃清河。

风云绚烂

苍穹春风词笔，
涌出大地蓬勃。
彩云绘洒夏花，
燃起千年诗颂。
秋雨白雪深情，
高山流水长诵。

浅雾几抹

燕衔春泥飞天，爱在屋檐。
枫落寒水声如雪，钟情击深潭。
入云冰雪山，眷在江海。
酷暑惹红颜，清水莲静了夏天。

雪纷纷

轻雪落江为水，
几渚白玉天成。
风过林鸟掠影，
惊了勾下鱼儿。
落梅香水艳雪，
天地茫茫霜凝。

蝶梦

春夏与秋凝成霜，坠在寒冷天空中。
轻雪飘飘是旧梦，纷纷诉说情的愁。
化雪成蝶问清江，香花艳骨向何处？

千年风流

劲草问疾风，可存古风送？
漫漫黄沙卷，犹响名士说。
黄叶飞诗篇，落地是吟诵。
云雾隐阡陌，难挡仙影留。
山花正烂漫，芬芳吐古风。

绰影徘徊

荷塘清香明月，绰影徘徊为谁？
微风拂动一池，疏星零落乱水。

蝶愿

除却春天不是花，爱遍春花难为色。
破茧成蝶随春风，花好月圆春江蝶。

花飞落

花雨纷纷，纷纷乱雨，飞阵朦朦雾迷离。
一阵风袭，浸透惜别，空枝悄悄遍地云。

同是

残月凝辉冷千山，
一剪寒梅传悠笛。
推门独对阶前雪。
听音已是断肠时，
知声幽幽诉思情。
同是人间惆怅客。

秋雨愁绪

独对清江听雨落，身后谁家有梧桐。
一只孤雁久徘徊，芦苇素颜一池秋。
声声叫，是离索，西风正卷千千愁。
莫问何事剪不断，意向晴天却雨落。

最美夏花

夏花谁是惊人容？
寻千度。
问飞鸟，匆匆远影过。
探高山峡谷，朦胧。
一池清水明，
玉芙蓉。

秋水归人

秋水芦苇听风柔，艳波流。
雁归来，斜阳暖山河。
远水渔舟还，唱晚。
岸边等人归，明月升。

夜归人

月下夜归人，照见满头星。
故乡阡陌路，已铺山崖石。
朦胧家园静，已是三更睡。
放慢归途步，心跳分外急。
出门两手空，归来礼觉轻。

雪来

一夜雪，千里银涛。
厚玉铺遍，梅付白雪，香沁茫茫寒国。
风卷白浪，扑扑鸟飞绝。
听江萧瑟。
风静月初上，梅艳白雪。

东风来

东风著意，日照满山辉。
花艳凤蝶，嘻戏金枝玉叶。
翠鸟鸣丽，香远九里。
花美明月来，山语温柔，语间浓甜。

绿叶落便枯黄

爱了一生的，落。
随风渐行渐远。
无言的旅程，已是黄昏路上。
沙沙吟声，正在深情地，与根的道别，
对绿色的叮咛。
最后的风，成就，同泥土最亲的厚拥。

您的篇章让人感动

在如此心动的时间，收获了如此美好的精神。
如春风来临。
春雨滋养心灵。
缕缕情感如此动人。
充满善良大爱，正是秋雨深情。
侃侃纵横，博大精深。
思辨深邃，激动人心！
仰视。我用最真诚的热泪，洒向春草。
我的灵魂已是草根。
春风吹来，小草沉浸。
把生命的颜色献给大地。
让爱生根。
因为您说：『爱和善良超越一切。』

芦苇花飘

悠悠远扬，从不回头。
不苍凉。
向着一个方向。
是梦过的地方。
一路，
心中仍缠绵着别离的小桥。
还有那池碧水荡漾。
雁也别。
风是伴侣，漫卷到天涯。
听说，海角升起月亮。
或许，雁已早早鸣唤。
芦花轻盈雪。
花落花飞飘，渐渐、无声无影了。

蜡炬吟

黑的夜，如此爱。
每当来临，总是燃烧温情。
伴过春夏秋冬，风霜雪雨。
明月晓知。
陪着深夜的等待，迎接夜的归人。
发现万卷的光芒，照耀篇章的魅力。
与星辰辉映。
和人结亲。

听风寒

昨夜山水听风寒，柳落风华叶悴潭。
老雁声声叫空山，不知屋檐知不知？

春风来

轻盈抚过带着细语，点点问候，缕缕温情。
遍草如茵如碧玉，万朵花艳芬芳，蝴蝶不忍离去。
千山美，燕归来，人在小桥听春音。
春的情缠绵江水，一见倾心。
月在春风明媚。
笛悠悠，声声春江思春雨。

岁月凝霜

风寒瑟瑟疏枝寞，
惊心霜染白了头。
又是梧桐萧萧语，
正是岁月驻老容。

一路温暖

从小走到今，一路有爱。
有过多少温暖珍贵。
祖父母恩情，滋润我心田。
万般慈爱铸就我灵魂。
恩情似海！父母，我深深感激！
生养大恩，永远铭记。
蓦然回首，只有终身怀念深深。
怀念让我更懂人生。
人生的路，爱是美好。
被爱和给予爱，双重温馨。
愿天下的路，天下的人，善存。
我已走到了黄昏。
夕阳温暖，明月美善。

父母对孩子说

我把爱，深情地献给你，孩子！
用我无言的双眼，看着你长大。
你像绿树茁壮，我双手捧水，把树浇洒。
你是鲜花，我用心来照料。
你就是太阳的孩子，充满光芒。
我现已渐渐在老，双眼模糊走在黄昏路上。
孩子，
你是夜里那轮明月吗？

巫山深秋颂

轻烟出水雾碧波，神女动步云海姝。
相思凝霜染叶红，霓裳雨衣绕玉峰。

叹巫山红叶

秋雨绵绵秋云愁，不忍霜叶独自留。
万年纤夫拉不走，红叶执意嫁秋风。

叶飘落

一朝飘落，随风飞。
飘过山，飘过小桥，飘落入清水。
一叶一生命，一程一思绪。
随波为水为千里。
尽头是明艳。
彼岸莲生辉。
茫茫江水千叶悠悠。
远方光辉。

对爱人说

我们相爱在那年。
牵手走过风雨。
爱在红枫的季节灿烂，
透着风霜后的浓醇。
那么美。
爱人，
你的手还是如此坚定。
我如此跟随。
爱的路，
我们彼此珍惜。
感谢那年的相遇。
感谢爱。

感激生命中的朋友

我们走过万水千山，经历多少雪雨风霜。
相互鼓励，我们潇洒向前。
今生我们结缘，相伴走过那么多年。
一起听哀鸿鸣寒，还有古人千年愁怅。
为许多感动而泪流满面。
我们都心存善美，相知那么多年。
你是我的热爱，感谢你关怀我那么多年。
让我们继续飞越，让生命更精彩。
共看日出照雪原，明月映秋潭。
用爱珍惜一草一蚁，用生命爱每一天。
爱你，感谢你的厚爱。
如果你愿意，与你结来生缘。
为永远爱。

为谁牵魂此岸

鸿雁你为何哀鸣徘徊？在此处久久缠绵。
芦花早已飘散，渚上的草已成枯颜。
单飞的雁，为何落单？
它们都飞去了温暖的彼岸。
你却独守秋寒，哀鸣不断。
你为谁牵魂此岸？

巫山红叶颂

为美神女裳，教霜染红亮。
醉映碧波水，相思在山崖。
猿声荡红叶，轻舟红云下。
李白过千年，红叶万载笑。

自由山水间

清晨艳阳，芭蕉林下。
一片芭蕉叶为舟，我从南溪漂下。
途中我扯下了岸上的萱草，插满头上。
红黄色的花朵一路芬芳。
许多蜜蜂随我前往。
我的身影映在水乡。
水中有芦苇几丛，花如白雪。
我的轻舟，穿过中央。
惊了丛中水鸟。
鱼儿闪远了。
大雁欢叫。
我捧了清水喝下，连同几叶浮萍。
如玉液琼浆。

低头恰看见了水中的明月，照在我的花冠上。
我在云雾山上了岸，芭蕉叶在波光中荡漾。
森林里听百鸟叽叽喳喳。
山间云薄雾幻，滴水声声清凉。
疏星下，我与蝶影交错，遍山野四季鲜花满目，好馨香。
我用薰衣草、茜草、勿忘我，铺成花床；
用茴香草、丁香花堆成香枕；
顺手取来几缕云片，便是云香被。
夜莺轻轻在歌唱。
深处笛声隐隐。
高山流水。
我已梦见了巴山夜雨。
好象我坐在芭蕉舟上，水天星星点点。
云朵上有千年诗人在吟唱。

晨舟过

朝雾朦朦过湿壁，抬头只见云海奇。
只听棹声空回音，不识巫山真面目。

叹秦观

慷慨豪隽志盛强，万里投荒总凄凉。
因循移病依香火，又陷郴州无肠断。

兰草吟

兰芳出幽谷，玉蝶飞素草。
独静清凉雾，月下生仙风。

竹颂

纤纤任风雨，直接指云雾。
柔情秀绿水，沥血滴甘露。
坚韧有气节，潇洒挥黄叶。
青恰碧玉身，枯也成卷书。

梅

百颜尽憔悴，斯人独立雪。
让君三月春，留在寒霜日。
让君六月情，守在孤独时。
让君相思秋，等在冰冷期。
只为白雪香，明月鉴疏影。

芭蕉吟

风来绿浪声，雨打古韵音。
雪中碧玉仙，对月相思结。

蚕颂

一生吃叶吐尽丝，无衣一生送锦缎。
丝尽还留千般爱，春来蚕出又为人。

梅树吟

风雨千年骨，瘦脉赏品格。
素艳丽冰雪，馨香浸白玉。
古今逸典雅，明月颂诗影。

叹相思梅

霜梅孤绝皑皑国，
玉销零落浸香雪。
疏影横水滴铅泪，
黄昏知道相思梅。
月下绝色千千万，
冷月梅艳直相许。

荷花

夏阳热情慕清塘，美人矜持碧水乡。
雨中娟娟晶莹装，风中娇媚眸含香。
与夏结亲艳阳时，秋后留子谢厚塘。

荷韵

风过动一池，十里有妙香。
芙蓉脱俗尘，心清驻玉容。
烟波生碧水，馨云艳仙乡。

雨丝飞

实为轻水从天而下，质本洁净善美无暇。
赋予大地一片深情，心恋苍生淡淡忧样。

轻雪飘

一场美丽从天飘下，晶莹剔透风雨凝霜。
轻盈坠落相许梅花，白雪温柔为兆春发。

叹秋霜

红叶深情为相思，
情到深处随风觅。
落入江水是烟雨，
飞往山脉成淡云。
问遍秋影何处在，
何时凝霜为叶浓。

静夜

静夜起微风，明月照窗台。
沙沙叶语声，月光送影来。
花动香入梦，梦鸟正徘徊。

有感千年游子

他乡望故乡，涛涛万里浪。
去云牵魂远，惊心归鸟叫。
寒星照孤心，明月早凝霜。
故乡是温暖，天涯有归帆。

黄葛树

顽强崖石处，从容贫脊地。
风吹雨打独自立，根深枝叶茂。
生不争春天，酷暑献万绿。
傲骨侠义坦荡荡，黄老著豪情。

晚秋

（一）

浦树远含烟，冷雨浸初晨。
湿雁归巢早，秋花落更迟。
潇潇醒梦语，一夜梧桐雨。

（二）

寒送木叶落，冷与秋水长。
雾锁远山树，烟湿空山桥。
露草泣霜虫，疏星寒潇湘。

（三）

渚上衰草遍，雾朦水乡桥。
翁钓寒江影，西风静了鱼。
明月冷千山，霜与寒凝结。

（四）

秋水伊人静，明月照秋花。
云淡雁远翔，日暮迎归帆。
霜染长河冷，深潭凝寒乡。

（五）

晚秋凝素霜，塑尽普天下。
冷写千山秀，雾绘江水雅。
红叶浓彩染，独绚水墨画。

秋感叹

一次秋风一次落，一次秋雨一次暮，几多还从寒秋过？
惊鸿已飞千重山，万里之遥有蓬莱。霜云山中独红艳。

芦苇秋水

（一）

轻絮绒花起轻舞，秋水夕阳迟暮霞。
雁过微风空野鸣，一池粼粼艳白霜。

（二）

西风天来啸苇湖，千千风花如雪落。
魂销之后万籁寂，寒鸟空对纤云说。

（三）

一湖愁水风雨后，飘雪已是无影踪。
暮色苍茫水茫茫，水天皆是愁怅裳。

（四）

明月照霜雪，仙女沐清池。
天籁吟秋风，星散落湖波。
黎明光渐渐，芦云漫水乡。

（五）

日白照秋水，花舞迎归帆。
白鹭飞晴空，水鸟依从芦。
鱼翔清清波，云飘爽爽天。

（六）

一阵雨潇潇，泠泠听风寒。
天籁正低水，苇草轻丝弦。
斜雨弹今声，霜雾萦古叹。

（七）

苇弦秋风拨，冷珠敲玉田。
琴瑟和秋韵，伯牙犹高山。
孤雁飞水鸣，空山阮籍弹。
一场芦花落，惊心广陵散。

竹雨水云

晚风清怡，一池夜光动明月。
绰约幽竹柔水立。
鸟过叶舞动，遍地月弄影。
细雨碎竹声似雪，千竹尽落水晶色。
清香飘散沁水云。
人读北窗，天籁滴屋檐。

雪飘来

（一）

千山听寂雪，落地梦语息。
万木悄悄冷，白玉凝溪水。

（二）

雪原一灯火，松下茅屋明。
青石染霜云，冷泉映明月。

（三）

雪来如蝶纷，玉翅乱林木。
悄悄飞舞停，千山披霜衣。

（四）

飞雪送江水，情在江中凝。
冰心照明月，千白写纯洁。

（五）

白雪爱梅花，霜月慕疏影。
冷香约黄昏，嫁在雪飞时。

（六）

冰雪爱江山，看千里冰封。
是最爱雪莲，终与美人伴。

杨柳

（一）

一生低首送迎，远古依依到今。

一寸一次相思，一丝一世情意。

（二）

千条春风吐绿，碧玉片片纯情。

春雨滋润满树，晶莹剔透等你。

（三）

绿絮春风起舞，一场碧海波澜。

暖语迎君归来，细细诉说相思。

（四）

垂柳依水静静待，春雨引来相思泪。
一池碧水悄悄绿，鸟儿无声感柳情。

（五）

春江月明柳正绿，春风传来远山曲。
玉树临风映碧波，轻舟正拂依依绿。

勿忘吟

勿忘我，无忧笑，粉色素馨静悄悄。
劝君停留多欣赏，
我是一见钟情它，默默典雅玉点点。
诗情兼画意，今生勿忘它。

江水

浩浩江水滚滚流，瞬间无影稍纵无。
千舟已过万种木。
薄雾浣纱帐，浓霜水成雾。
细雨飞河声如尘，明月知水千古。
一江长水归海流。
物是水却非，水是物非昨。

兰花

草之桂冠芝兰，花中君子香草。
四季飘逸云雾，皓月潇洒玉容。
风来幽香袭人，最醉寒兰雪声。
似听容若愁怅，如见霜蝶飞雨。

春花

春风又醒江南岸，芬芳无限。
桃李不言，百花丛中知美艳。
春华照水蝶翩翩，情有独钟。
明月为鉴。
一场风雨惊花颜。

寻觅

——记一次偶然窗外笛声而感触

窗外一曲羌笛晚，声声在说相知言。
似曾前世有，走进今生唤。
风不遮忧郁，雨不消愁绪。
正是牵脚步，入梦更寻觅。

金佛山美丽

（一）三王坪

未走近，已是满空清野。
听空山偶有鸟鸣。
入眼帘，一片寂静。
静得只有绿色。
透着湿凉的柔玉。
翡翠地，伫立千百翩翩仙子。
翡翠绿衣。
婷婷玉立。
向天宫齐吹玉笛。
仙风如意，袅袅玉衣飘逸。
正飞向天庭。
百鸟和鸣。

（二）烟雨田园

玉田袅袅生烟，雾漫溪水小桥。
天上人间如梦如幻。
听轻纱薄翼飘渺，声天籁迷空。
哪里是仙居，哪里是凡间？

（三）山间栈道

是现代人，拜会久远神圣与美丽的通路。
心与心连成的庄重。
步步，通向心愿。
是凡人，祈盼聆听仙人的指点，去叩拜。
心路虔诚执著。
金佛山美丽庄重，耸入云霄。
天梯，情意绵绵。

（四）金秋之艳

如此的金色盛装。
万木惊艳。
遍地都是金光灿烂。
只是，
天是深情的蓝。
不需任何语言，
你已经到了童话世界。
静静听，
落叶的声音。
声如雪。

（五）雪如玉冰为灵

千年不变的盛宴。
从天而降。
美的享受，神圣的美。
灵魂的精神盛宴。
白玉盛装，是山的容颜。
白雪凝冰，与万木牵挂，冰为山魂。
万木是气质。
白雪柔情。
山与树深情凝聚。
千年的金佛山，冰雪巍峨。
绮丽端庄。

（六）烟雨黎香湖

明月照烟雨，
仙醉云雾湖。
青烟绕寒星，
万籁听花开。

（七）青烟浮云金佛山庄

重神奇景仰。
又如此梦幻多娇。
满山尽碧玉翡翠，玉水缠绕。
天与山，山与水，水天茫茫。
青烟浮云，云雾成玉纱。
是哪位仙人翩翩飘下？

（八）神龙峡

神龙峡千年诉说，我已在倾听。
激越的奔流，是经历的沧桑。
回荡在空山，撞击在苍石。
撞击我心。
涓涓玉水百转千回，
与树树缠绕。
千年的情思不尽，
是对日月的热爱，
是对爱情的憧憬。
也有淡淡的忧愁。
绵延至今，你都还在向往。
你是高山的流水，深情高雅。
是永远的诗的流淌。

火种

深秋荷塘，尽是残叶的冷落。
寒颤的涟漪，说着此时的哀愁。
又一阵冷风，蓦地，只见一枝红莲，
却静静艳在衰叶之间！
多么爱你，不败的秋色。
秋之瑰丽。
生命中，最灿烂的火种。

水仙

水中仙女凌波，月下碧裳群拥。
风姿翩翩绰约，从秋到春漫渡。
清丽典雅绝色，玉池映尽雪容。

感谢

感谢秋风，因此枯叶会飘落，
来年春天，才会长出新的嫩绿。
这是黄叶的愿望。
感谢秋雨，把落叶溶入泥土，变为来年的滋养。
这是落叶的执著。
感谢秋天。
秋天厚重。
秋天是收获的季节，是金色。
秋天是庄重的付出，为新生命的绽放从容。
情到深处，所以深秋，淡然的颜色。
潇洒的枯与落。
感谢秋的全部。
不能忘却。

雨梦

是梦唤来了雨，雨入梦，
还是醒在雨醉的时候。
雨拥抱着生命的进行，声声吟唱着，生命之源和万象之盛。
生命的对话，朦胧在安稳的雨水的脚步声。
与脉动同行。
天籁声声，夜雨。
梦雨是纷纷。
醒了纷纷雨飞梦。

雨后春山

细雨过后空山好，花木清新，轻雾飘湿，鸟鸣声声更空旷。
白云深处有人家，饮烟袅袅，溪水流下，涓涓绵延向长桥。

恋

（一）

我是一棵普通的草。
长在泥土之上。
没有绚丽的生命，很渺小。
我却安然在温暖中。
从春天的绿，到秋天的黄，
泥土都滋养和陪伴着我。
直到冬天的枯竭。
我爱泥土。
深深地热爱。
从长出到最后，
我的根，深情地爱着泥土，
爱着大地。

（二）

走在风雨中，
我并不认识你。
你却用伞替我遮挡。
你并没留下你的姓名。
我热泪盈眶。
想感恩，
已不见了你的背影。
让我如何报答，
报答你的恩情。
今天你的天空，
有没有雨？

（三）

路，
长长。
走过许许多多。
太多的春夏秋冬。
风雨兼程，阳光明媚。
如今已到黄昏，
黄昏是那么温馨。
感谢路程千万里。
天空如此醉人。
感谢风雨，彩虹如此壮丽。
感谢日月，
生命如此美好。
感恩生命。

触景生情

春又住树，樵风燕语送。
物华满眼今又是，不见旧时邀约。
春晨已积新愁，暮时思绕旧友。
明月正照空水，春风空拂杨柳。

一叶惊秋

素商时候，山水冷，残阳寒蝉鸣暮。
荒渚衰草，孤帆霜风注。
两岸草树萧瑟，叶如枯蝶零落。
绝壁霜凝处，一叶惊秋。枫红。

江流小景

（一）

新水不见昨日波，旧浪为谁留影踪。
雁过留影杨柳树，寒鸭徘徊独水中。

（二）

朝迎太阳波光粼，江流满载千帆行。
一行白鹭归夕照，明月散银水柔情。

（三）

两岸青山水长流，白云低雾水天同。
高山瀑链滴声明，静数天籁看帆程。

（四）

默默无声日夜奔，峰回路转总前行。
风雨惹水浪回击，喊响向东一生情。

（五）

春江映花月，秋水照伊人。
夏风江帆爽，冬雪凝钓韵。

翻飞丝雨

春染千山绿，树翠花明媚。
小桥碧水风碎影，新燕闹云水。
试花惹桃树，李花多矜持。
风吹千柳万帘舞，翩然翻飞丝雨。

自在景色

芭蕉卷心思，桃李自说春。
梧桐半亩绿，休锁一冬愁。
杨柳早轻盈，温柔有燕语。
太阳暖春水，明月晓海棠。
江山无限好，人醉灯火乡。

深情红

——秋海棠

艳丽阡陌秋海棠，日暮惊昏草。
双燕已归南山巢，明月独照千年夫妻花。
芙蓉落尽秋水凉，云断雁影茫。
风雨寒来行人少，烟海朦胧海棠深情红。

时光流水

——记年轻时候

随波送过南岸路。
明月影、林荫路。
难忘年华共相度。
校园探望，鱼传尺素，但见两心顾。
飞云已渡春秋水，江中新船非旧主。
愁绪纷纷已几缕。
一江流逝，满水陌生，人到黄昏时。

紫罗兰

紫蓝梦幽幽，白与浅红素。
红艳超凡来，此物风雅颂。

雨雾图

水天轻雨，江渚白鹭衰草雾。
水波声传，天涯倦客船。
水茫山远，静数棹声闲。
君何事？
骤立船头，花雨正前山。

风雨韵

红雨醉为风前舞，听唱黄昏曲。
孤鸿远影正声声，堆雪满地，尽风雨词笔。
晓来桥外疏花冷，存一帘寒雾。
芭蕉不展竹千结，明月有情，粉蝶弄花晴。

丁香叹

你有一个忧愁的心思，结在紫云飘落以后。
你有一个美丽的故事，芭蕉不展你的怀旧。
你爱千年幽梦，种下了相思豆。

天涯归帆

他乡多景色，故里有乡音。
飞雁觅暖云，天涯有归帆。

芳草吟

萋萋芳草忆春风，鲜花柳下吐香云，蝶低草绿寻芳名。
青草绿，总为红颜一生随。

睡莲

千年沉睡的美人，何时从梦中苏醒？
你的云朵降临在清潭，
美人，你何时会出水？
千般的优雅宁静，
我只能冷落新诗。
已无词笔赞美。

杜鹃花开时

杜鹃花开，恰是子规，啼血春归。
满山绽放，红艳似火，想春留住。
梨花渐飘冷雪，桃雨飞，乱舞风裙。
映山红美，多情深意，不为月色。

风雨冷意

寒来冷雨，
风凉浸云。
一川瑟水柳自怜，无力系得兰舟回。
芭蕉不卷萧萧行。
湿花有泪，萋草寒语。
梧桐叶遇声声雨，声声催落是别离。
何事要有冷冷意？

航吟有感

——答老师航吟

云卷云舒浩瀚波，幻如仙境逍遥游。
乘坐银燕飞古滇，茫茫云海客悠悠。

落雪图

飞雪满孤村，落声断雁。
竹外暗香凝。
烟浦寒，江中独坐钓雪人。
风来急，乱飘雪，霜月对灯明。
鱼篓满晶莹，一身银蓑衣。
风吹梅，香空夜，馨香入江雪。

琴弦吟

素弦凝情，丝丝牵魂，古今音色。
响尽红尘风与雪，千山飞，万水越。
南浦芙蓉珍珠吟，海棠寄琴瑟。
高山流水千年音，都赋予，冰弦织。

绿萍吟

生在水中只为水，身轻随波点点绿。
不忘水泽生与共，且看满池献翠碧。

石榴

夏花灿烂榴花吐，一朝绽放醒绿树。
热情赋予骄阳后，千般晶心金秋露。

寒夜行

霜月冷阡陌，寒云浸寂林。
飕飕叶落声，行人骨冷尽。

咏荷叶

碧圆玉洁，天生与水惜。
初醒云水散清香，翠了荷塘十乡。
响雨乱叶撤珠，动了一池秀色。
唤起玉人苏梦，芙蓉绿裳云度。

闲画

古井梧桐叶自寒，
浅水小桥木独闲。
茅舍篱笆青藤绕，
草丛蝶舞花迟颜。
虫鸣声惹露水离，
霜雾低吟鸟归林。

答诗特之感悟

来到红尘是凡人，心有莲花是善存。
四季冷暖花有妍，不负人间相思在。

昙花绽放

朝如青草夜成雪，凉了夏天静了月。
冷香浸湿天地间，花开瞬间听落雪。

西风梧桐

转眼西风天边起，梧桐落叶萧萧下。
本是同木不到冬，一次飘散两茫茫。

吟昙花

刹那晚间香艳绽，转眼静夜白雪离。
月下美人爱红尘，轻盈起步悄悄回。
一生恋情夏夜瞬，托付秋冬已成实。

丝弦

青丝无数已白发，一丝一缕记年华。
五十七弦刚弹过，不知素琴安几弦。
音弱难拨春江潮，浅水点滴流沧海。
海生明月照桑田，春暖花开蝶徘徊。
霜雪早已化暖烟，暖云丝丝顾花颜。

可记

露凝草木滴水恩，千点染成万树绿。
霜染青丝成暮雪，孩子可记父母情？

如此温情

窗外的地还是昨日的雨，
空中的云已很羞涩。
太阳，不断出行。
风儿正送云雾去远行。
太阳，把温暖送进了我窗里。
深冬，却如此温情。
太阳正笑在整个蓝天里。
鸟儿的欢叫，我的欢喜。

古玉照今

悲嵇康广陵散绝。

叹秦观无肠断。

怆伯玉，独怆然而涕下。

怜纳兰愁怅客。

伤南唐中主丁香空结雨中愁。

采王维红豆生南国。

憾裕之直教生死相许。

惜宋瑞杜鹃枝上残月。

知陆游只有香如故。

感子美，无边落木萧萧下。

与文房静听松风寒。

赏子厚独钓寒江雪。

观义山昨夜星辰昨夜风。

享延清江静潮初落。
惊李白，黄河之水天上来。
听幼安不尽长江滚滚流。
慕王勃海内存知己。
记乐天相逢何必曾相识。
品苏轼一蓑烟雨任平生。
思道卿三分春色二分愁，
更一分风雨。
和永叔一饮千盅。
信用修，古今多少事，
都付笑谈中。
跟梦得山上层层桃李花，
云间烟火是人家。

思乡

家住长江头，客居千万里。
云水荡寒气，萍入愁怅心。
一池相思绿，碎湖空凉意。
暮云渐渐来，明月故乡明。

梦语

身在人间里，心在尘世外。
暮雪看鸟归，秋风听弦泠。
梨花带春雨，芙蓉惊夏月。
茅舍清溪桥，掩在梅竹下。
空山听叶落，白云诵贝叶。

记忆

——曾经游竹海

宜宾竹海幽，深处钟声远。
寻音竹林寺，门外塑七贤。
禅房香烟袅，引我步步前。
庄重莲花开，僧侣送吉言。
不忘僧告之，我与佛有缘。
存有善心意，早在幼儿年。
莲花香迷人，白云有庄严。
普天山与水，共与苍生连。
世界皆生命，来生也存善。

异乡相思结

船横烟渚，传箫声，一直到天明。
天际孤雁，人间倦客。
愁怅入湖水，水天成一色。
苍茫一片，
天涯远处有明月。
故乡迢迢千万里，又潮起，风不停。
凭借风，传音说相思。
家乡应是红豆结。
此处丁香，已结千粒。
风已把，粒粒撒天水。
种遍相思千千结。
听旷野，
箫声又入暮色。

春景闲图

风物春江景色深，白云沉睡碧波微。
雁过惊动休闲鱼，归帆正唱春风曲。

听春来

梧桐落叶萧萧下，拾起金玉片片心。
千山空木空寂寂，总听春来叶发声。

春声来

桃红初绽枝，悄声唤山春。
一夜千树放，天涯雁在归。

再约风雨

梧桐残叶欲尽时，千里霜云雁南行。
寒江正逢潇潇雨，征帆渐远是别离。
人颜老，发霜色，落发已是堆寒雪。
如今饮惯风和雨，再约风雨去远行。

不可挡

曾经树苗已成材，
孩童不识我归来。
青春一去不复还。
势不可挡春又来，
百花似曾开当年。
彩蝶翩翩久徘徊。

花问云是第一回

——写在书《花问云》到来时

五十七年心凝字，字字都在行里行。
水滴浅草音渺小，花问云是第一回。
明月藏在广寒宫，我心留在空山林。
待到寒来赏雪钓，邀请明月共此时。

泼洒成诗

一次动情一诗情，词话都在淡酒凝。
春秋风雨细细寻。
一生便是酒一盅，泼洒成诗醉夏冬。
沧海桑田生玉珠。

惜别

无言对酒，燃尽烛滴火。
忍住眼泪流肚，微笑顾，勤举碰。
五更西风别，梧桐正落叶。
自古水流归海，人千里，早回来。

初绿惊早春

早春寒风冽，万物皆冬眠。
蓦然原上草，初醒在山泥。
点点如碧玉，惊了早春色。
棵棵是暖意，唤醒万物丽。

最是愁怅

自古惊春色无限，销魂却在春天里。
看惯世间伤离别，最是愁怅落红雨。

一夜东风

昨夜东风添锦绣，看遍红花艳碧树。
似曾相识梦里云，依稀感觉到天庭。

知你何事愁

——答一位年轻人

梦在西楼醉不醒，春苦秋愁，醒了茫茫愁。斜月正挂无语桐，悄悄泪烛空垂落。
翩翩少年诗般美，清高孤独，总是凄凉露。清潭定有莲花开，夜寒应有温暖衾。

答你

夜，有明月相照，
包括照着你。
即便是黑夜，看不见，明月永远挂在夜空。
让明月亮在心里。
清晨，太阳也高高在天空。
涛涛江水是大地母亲的乳汁，千年流淌。
我们深深感动。
万木欣欣向荣，山石见证了水的不朽。
世间爱日月，爱山河。
我们，没有理由不爱生活。
风雨无阻。
风雨磨练出从容。
你爱天地河山，日月定永远温暖你如初。

杨花吟

暮春风里，
柳絮说别离。
杨花飞舞成阵雪，
遍地华丽霜色。
似花但见非花，
却是一生凝结。
有缘天适地利，
后来一株玉色。

有感论心境

超凡绝尘在心间，高僧心海开玉莲。
红尘未必惹尘埃，淡泊宁静云舒卷。

雨夜

雨雾夜里萧萧起，人声初静听敲叶。
三更风来雨更激，雨响一直到天明。

听雨入梦境

晨曦已从东方来，问鸟何时夜雨停。
昨晚一场潇潇雨，未必听雨入梦境？

一叶入梦

今晚月藏云，风寒叶更冻。
时听一叶落窗台，如幻又入梦。
夜已更深沉，雨织幽幽眠。
一夜看遍千山颜，枫落巫溪冷。

此生的深情

无论见与不见，我与你都结了一段尘缘。
只为对生活的热爱。
无论识与不识，我们似曾相识在红尘之外。
不为喧嚣的酒宴。
无论时间还是空间，我们都把此生的深情，种在泥土里面。
感动的热泪洒在长河，因为我们对母亲有着一生的眷恋。

原本如此

我本草木泥中生，无缘长翅飞白云。
尘埃一粒沉坠土，不敢升起半毫厘。

云与雾

轻云总在蓝天明，厚积低沉落成雨。
山河轻雾唤艳阳，大地浓云不晓月。

雨后花木新

既无风雨也无尘，一片物华寒里明。
昨日细雨花木新，昨夜钩月悄悄临。

只是人改

翻开此页旧时书签，今天再见我已暮年。
上次诵读青春少女，关上时刻红叶思念。
文字经年依然如新，红叶书签容颜未改。
蓦然回首日月如初，恍然如梦醒来人改。

假如错过

前世的明月今夜，探望今生的梅。
前生的深情约定。
相会在黄昏后的夜色，旷世美绝。
动魄之惊艳，到时谁与我一道留下永恒？
送上对有情花月的祝愿。
假如错过，就是一世。

世间物语

太阳总在追求明月，
明月却总在黄昏后，爱江山，爱美人。
凝霜为白雪与梅香。
深情在，坠入深潭听松风竹语，还看高山流水经过桃花海。
风雨后，牵挂总在梧桐风叶。
有泪珠滴滴落入沧海。
相惜洒在素弦。
明月有泪，明月有情，明月有义，明月有爱。
太阳普照乾坤，明月美了世间。
其实明月也爱太阳，脚步总悄悄跟上。
日月相恋地久天长。
世间爱日月，物语昼夜。
世间爱听物语风华。

送旧迎新

一箭飞快，今年最后晚。
又是风雪落梅乱，依然一轮月恋。
人间南北倦影，路遥归梦在传。
东风送来明天，新年共度近远。

把美好织入新年

留住今天，留着笑颜，留下梅朵香点点。
让今天的情意不变。
让你我记住真挚的容颜，让花香香透明年。
把今天的美好织入新年，每天。
绵延永远。

日月相约

——写在今年最后夜

今夜星光灿烂，是明月相思闪耀。
最后的夜，光艳如初梦绚。
一轮皓月等待，等待明朝的日出，升起在东海。
明月温暖今夜到最后，艳阳照亮明年第一天。
日月相约爱在世间。
每天。
古今情映江山。

深知

今夜皓月来探，我眼饱含热泪。
昨晚流星如雨，深知明月相思。

共热爱

——献给懂我的你

江北有归帆，沙坪起飞雁。
春风渐渐来，温暖两岸山。
同饮一江水，共赏日月天。

种下生命的珍贵

时光一箭飞快过，
人生一世忙匆匆。
风雨寒雪宛若梦，
醒来真诚迎春风。
播撒热爱种润土，
珍贵硕果笑金秋。

醉在今生

——献给我们

横桥两头，一种情浓。
江水长流不回头，白云不识夜航舟，你我同桥缘份，共相度。
看遍江河春秋，天涯倦客南北船，风雨夏冬。
一桥两岸，岁月同心，相惜相顾。
赏遍山河年年新。醉在今生。

花泪长流

——献给天下善美

雨荷何事长泪淌，滴滴珠泪溅清塘。
声声不断藕知道。
西风唤起芙蓉愁，秋雨更伤离别容。
花泪深情对子藕。

天下美情

白藕花下长，
享受花怀抱。
花为母善美，
别离泪滴淌。
藕为深情子，
情丝连心房。

因为

爱雨因为晶莹剔透，
爱雪因为落声天籁，
爱夜因为明月凝情，
爱情因为触动心灵。

月下凝思

——写给今生的深深友情

皓月惊夜鸟影掠，正听风吟，花木乱纷纭。
似曾相识诉别离，仿佛如人愁惊人。
鸟儿却能惜花叶，鸣叫缠绵，别语如离人。
明月千里添相思，人与花鸟都深情。

探望雁情

昨天晴空已落雨，淋湿一片冷。
孤雁垂翅，夜暮无奈影。
更深屋檐滴静，声声碎、但听空鸣。
入夜难眠，探望雁情。

一抹红云

一枝海棠横木桥，秋水长流枫落江。
何时归帆探花韵，一抹红云正斜阳。

东风吹

风从东方来，吹花成果甜。
香云绕满林，日月照江山。

闲约

明月初上柳之头，黄昏之后听箫说。
积雪映梅两相艳，静观寒江灯火笼。

最美好

——献给心爱的孩子

种下的树苗，问日月，
何时开花结果？
祈求太阳给予温暖，明月给予柔情。
春风已来，彩蝶飞舞。
我知道鲜花已经盛开，芬芳正艳。
我深深感激，
感激这一切美好的到来。
感恩苍天。
我永远祈求，
让最美的鲜花，结出最美好的果实。
在这最美好的人生里，
拥有最美好的未来。

心思

竹藏白云处，音起心思弦。
幽篁凝千结，琴瑟发肺腑。

静夜空山

空山静听风，满林花木颂。
一鸣夜色寂，独对明月诉。

醉阿娇

——送给阿福

清池莲花正开放，碧水红云翡翠漾。
凌波仙子日月照，满堂紫云醉阿娇。

世间情

花落木叶寒，霜冷桐花艳。
无边风雪飘，有情梅花开。
世间有双雁，生死相依恋。
古音广陵散，今声山河爱。

玉雪香风

雪花已作阶前玉，风送落声细。
昨夜今晨听梅开，满眼素华凝香、沁了天。
赏心悦目步步前，引出明月来。
疏枝留尽黄昏影，湘绣白玉、含情香风里。

横桥来渡

——写给我们的情缘

横桥来渡一生情，两岸情缘前世成。
江涛拍岸成心海，海阔荡漾诚与爱。

破茧成蝶

作茧自缚默默意，风雨霜雪吐心血。
一朝情花绽芳容，破茧成蝶为红颜。

寒梅

渡在寒水影绰约，立尽风雪情深沉。
凝香一世只为冷，孤芳吐诗黄昏月。

暮色

落日千山暮，坠云万水雾。
白发映疏星，霜雪染苍容。

我本一尘埃

我本一尘埃，因风卷千里。
有幸知山水，领悟人世间。
醉在明月里，但怜梨花散。
沉浸海棠语，却悲枫落潭。
深情荷塘静，深撼江河溅。
爱在善与美，卑在渺尘埃。
千里留相思，坠落种情爱。

花落白雪

梅影横钩月，雪明夜初静。
听箫诉尽冷诗韵，暗香幽情凝。
寒枝绽霜颜，尽是芳华玉。
一生风雪独往来，花落雪销魂。

春到时

一夜春风花千放，树树开，吐香艳。
晨曦正迎鹊飞唤，风清云轻，沐尽春生，春动万木新。
横桥正听春潮鸣。
两岸桃花笑盈盈。
众林寻竹千百度，蓦然深处，
那竹却在，白云飞渡处。

早春暮人

听春物语，一鸣惊春，分明燕雁报春归。
渐渐春宵放嫩绿，红花已被春唤醒。
看遍春山，立尽春江，流水暗惊人不春。
长江皓月暖千山，染尽暮人发成雪。

伤感世间

纳兰也狂耳，明月应有泪。
千古飞悲音，今人痛广陵。
孔雀东南飞，世间雁丘词。
明镜悲白发，枫落寒江冷。
谁解梧桐雨，遍地梨花雪。
何来伤心透，杨花离人泪。

春风正度

春风正度云与月，
千山已宴花木新。
十里暖阳杨柳绿，
一江春水接春雨。

绽放

春来一夜新，蝶蝶闹山春。
黄鹂穿绿杨，山陌人醉往。
花艳诱红日，花羞明月照。
一春华丽诗，写尽春来发。
花开花会落，绽尽风前笑。
人生有尽时，焕发生命光。

梦中景

今夜对风诉，明朝送征帆。
天涯飞蝴蝶，千里有思念。
流水白云间，高山明月来。
前世梦中景，今生度来年。

风雨人生

——献给苍茫的人

水天苍茫成一色，烟雾早已凝怆云。
无边苦雨潇潇下，有人酸泪点点滴。
愁事凝成渐渐寒，抛向江河共此怜。
不尽天地响惊雷，只是心潮已淡然。

雪梅约

飞雪为寒蝶，蝶在翩翩觅。
飞奔是相思，前世与梅约。
美在黄昏后，爱在明月里。

咏梅

百花躲寒冷，争向春天绽。
却有夏花美，零落在秋来。
唯有梅自冰，独醉白雪寒。
香雾染溪馨，影横月胧明。
霜凝花更艳，寒著风华颜。
立尽严冬枝，傲骨世间赞。

冷透

一轮明月泪，湿透千山木。
满空寒星坠，冷却一条河。
无限忧伤事，哀心成雪冻。

明月传相思

——献给有相思之人

梦醒相思在，两地同春深。
忆时雨溅泪，水涨秋池愿。
欲忘风惊心，传雁声声唤。
明月寄深情，一轮照永远。

自然

花盛蝶自来，没蝶梅艳开。
无春潭自碧，梨花伤春离。
无私父母在，有限子女乖。
明月佳人爱，夕阳暮鸟淡。

如初见

夫妻若只如初见，何来劳燕分飞散。
东边日出西边雨，霜打池塘荷已残。
不如嫁与冰雪冷，天下梅花独赏寒。
人生若只如初见，相爱一世约后来。

古今惜

梅花生寒时，雪来蓬勃枝。
落梅也凝香，此物为相思。
立尽相思雪，君子古今惜。

情义

老树有恩情，看尽叶翠绿。
一朝黄叶落，成泥养深根。

修心

花开不绝耳，雪落沁心田。
寂听天籁音，必修闲静心。

秋水伊人

佳人横塘住，窗外秋水渡。
萧声远静夜，独立寒江渚。
似曾千涛外，风送相思诉。
枫叶凝霜时，有情归帆顾。

今夜无眠

今夜星月云中眠，世间睡梦已深远。
无端静夜我眼睁，渐渐窗外车声来。
人生何时梦不醒，醉在与蝶一起翩。
世间哪里春长在，看尽花开无凋残。
若赏冷月照千山，宁肯夜夜不睡眠。
为见朝阳喷东海，但愿白天是永远。

听松风

松间醉涛声，风过不愿醒。
心在白云间，想做深山人。

凝霜雪

雨打梧桐又敲窗，声声点点是情伤。
何事西风催得急，衰叶荷塘正泪滴。
夜色初静人未定，依稀明月凝霜雪。

真实

一场飞雪净大地，一剪寒梅香冬云。
一次善举暖人心，一生淡定美生命。

寂静冷雨

夕阳下山腰，黄昏听归鸟。
时见饮烟几处起，山陌无人影。
山空野静寂，月下见鱼跃。
阵阵风吹竹林雨，枫落冷梧井。

静夜小景

明月照荷塘，夜深人初静。
但见蜻蜓独往来，幽幽轻轻影。
风来惊飞却，空留一段情。
满池花叶珍珠泪，溅落成清水。

如狂如梦

惊起长水千重浪，波澜壮阔，一江向东放。
两岸青山留不住，狂风正卷飞沙扬。
渐渐风残雨亦歇，江静如练，天边正斜阳。
夜色织梦粼粼水，水上人家入梦乡。

情意

融雪落梅寒意晚，依依惜别缠。
滴滴眷意，花已无言，只有香留恋。
质本不在春天爱，别离为后来。
渐行渐远也，留下春天，却为百花艳。

梅魂

佳人生寒国，冰肌浴白雪。
雪销寒冰落，凝香清高魂。
冷艳古今诗，幽情远古来。
孤独为何物，暗香绝唱篇。

烟雨空山

山朦江雾烟，深云舞婆娑。
只闻梨花香，不见雪玉树。
轻寒滴雨露，湿遍春山步。
空山无人行，疑是蓬莱处。

清淡宁静

梧桐零落古井冷，日暮孤鸿远。
烟水寒波千里流，两岸枝冷叶倦，也自在。
萧萧秋风吹霜雪，人老发早白。
秋深却是好时节，清淡宁静物语，心情美。

触景生情

蓦然惊回头，雁鸣声声留。
似曾千里旧人语，茫茫来相托。
南北千山隔，沧水波涛急。
怆然离别当年景，尽是西风冷。

放飞心情

打开一扇封闭门，结束一寸心距离。
淌过一条纠结河，收获一生彼岸情。

生命无轻

一叶铿落醒古井，万花落阵惊飞鸿。
一次绽放写激情，千种绚烂绘艳色。

距离

天地之距无极限，明明白白天地心。
人与人心一层距，如何人心见人心。

感叹

一叶飘落已是绿尽，
满头凝霜便是春去。
蜡烛成灰照亮黑夜，
人老珠黄为谁憔悴。
天地之间谁在反哺，
古往今来何为孝顺。

花意

娇花从来爱春色，世上却有别样花。
酷暑炎炎万物热，芙蓉静静淡淡香。
西风冷落万木叶，海棠深情艳秋月。
严寒冻僵千山林，梅花欢喜漫天雪。

绣花房

深夜的绣花房，窗内深情的烛光早已透过窗帘。
映在窗台的那株君子兰上，兰花正幽香暗来。
姑娘，你绣的是哪幅画卷，已听见飞针走线。
流动着思念缠绵。如远处的萧声含情含爱，淡淡伤感。
皓月一轮凝了霜，滴成珍珠雨，惊起飞鸿。
飞鸿回首连连。
烛光闪烁，绣音戛然。
满空繁星化着诗篇。
字字剔透，晶莹玉来。
兰花云罩雾绕，钻石洒满。
玉蝶千千万万。铺天盖地而来。
万籁俱寂，奇香散漫了窗内外……
烛光依然，今夜，窗帘开没开？

惊叹男子扇舞

——观中央三台舞蹈世界节目有感

如仙鹤一群潇洒翩翩。

起舞，从苍穹款款飘然下来。

落地轻如鸿毛。

如千泓清水淡然。

却飞奔，是苍鹰千年呐喊。

气如长虹千道光艳。

一片玉树临风，千枝寒梅盛艳。

风华绝代。

玉扇飞蝶，蝶随仙姝千回百转。

又见倜傥才子从远古走在今天。

恰嵇康玉照河山，如纳兰幽香弥漫天。

仓央，明月下叩问雪山。

看翩翩玉蝶飞过一世，蓦然回首巧与今生结缘。
梨花飘雪，绝代春天。
冰雪凝成了相思不散。
爱、那手捧玉蝶的仙子，气宇轩昂，
化着朵朵白云如梦如幻。
恰道道极光华丽，纷纷划过苍茫浩瀚。

愁绪纷纷

——献给人生惆怅人

梦入秋天霜色路，望极秋愁，似曾相见过。
一川枯草孤雁落，雨打风吹无归途。
觉来惆怅无处诉，无可奈何，冷月半悬空。
人生如梦愁事有，人间倦客更多愁。

各自幽

云暖寒初收，雁穿秋千小院幽。
墙处蓦然红云露，红豆，粒粒欲说相思愁。
正明月如水，登上层楼清辉笼。
一江浩流凝霜素，扁舟，一种夜色各自幽。

依然爱你

看遍风雨，又到霜期，如今我依然爱你。
爱你千秋如约来，清冷时节更深情。
古来音，冷诗艳，从来是。
脚步正踏晚秋路，无奈步老常耽搁，总负风流美景色。
寒潮渡我春风里，却有春催梨花雨。
杜鹃血，不需啼，冷暖随。

为什么会醉

看过千山万水如此美，冷暖都是魅力。
花开花落的声音，如此动人心魄。
响在古今。
远古的诗篇还墨迹未干，散发着深沉的浓郁。
令今人不知疲惫，
深夜孤舟苦苦寻觅、那时的倦客。
寻觅那一盏孤灯。
前方惊鸿回头，频频。
带领追随者去探望久远的情意。
是什么让心动的生命如此痴迷，不论升起与坠落。
都想诠释生命如此壮丽。
看过生命那么心醉，为什么会醉？
生命只是春天的梨花，转眼飞坠成雪。

篝火一梦

深寒晚雾，篝火结伴冷空。
红焰暖，星飘散，听柴绽。
梦入穿林打叶声，尽是热雨追。
响柴火，飞如蝶，梦醒时。

愁绪

寒江似与霜月约，点点波光，冷冷清流。
又是梧桐叶坠声，听铿落。
花影朦胧深夜风，零乱片片，无穷心思。
天涯久别音尘断，愁绪乱。

东风第一枝

昨夜东风，昨夜花开，
谁东风第一枝。
春山闹意昨晚，今晨素色艳艳。
有桃红千，杏粉万、蝴蝶正穿。
暖意来，舞动轻帘，告之春风卷帘。
柳翠了，春风荡漾。
天边雁，归来一线。
似曾旧时明月，
探望今日春颜。
物是非昨，
多了风霜染容颜。
青丝发，暮雪早来，
第一枝可曾鉴？

风雨世间

一梧落尽万物秋，秋月凝霜千古愁。
历经风雨红杏绽，相思岁月红豆结。

自在飘扬

不想喧嚣世，
红尘清静觅何地。
白云深处清溪水，心静。
人间头绪多无计。
风雨春秋路，
尘埃卷起阵阵雾。
本是世间一纤微，已够。
自在飘扬是心素。

飞在云海

飞向三亚，乘坐吉祥鸟。
畅游云霄。云海宁静，云涛翻卷。
我都如此激情。撼视深情的明月！
难道是人间仰望那轮？
今天是腊月十五，皓月正满圆。
不期而遇在浩瀚之波，明月我如此爱你，难忘你宁静又清澈，庄重美丽。
才依依惜别千古美玉，转眼金光四射，太阳照透云层，艳丽惊心。
如梦如前生或许来世。
刹那间太阳浓墨重彩浓艳深情。
如人间的相思红豆，默默羞涩、款款藏入那风情万种的卷云……
惊心动魄如此沉迷，今天难忘终身眷意。
如此醉人，何时才醒。
是如何已降落到了人间，我已到了海角天涯的海夜。

面朝大海有感

——记三亚之行

面朝大海已春暖花开。
有许多的房子。
我伫立楼台只见海水辽阔，与天边接连。
天边是卷云还是白浪？
好像蚌壳不停吐沫，我却在蚌壳肚里，不停寻找那颗颗珍珠。
但我不能是。
我希望自己是一滴水，沧海一粟。
却也不能，我只是尘埃一粒。
很快就会飘走。
我只是短暂的过客。
这里有天赐的美丽景色，许多感慨。
这里有很多房子，当然不属于我。

有房子的人不知是不是永恒。
其实都不重要。
然而任何季节这里都鲜花盛开。
面朝大海。
不只是在春天。
人生青春如此有限，生活应该美好无限。
若美在心间永恒，人生就永远春天。

江南晚秋韵

云暮秋山雨，烟雾弥江南。
冷枝凝寒空，枫艳惊秋天。
霜月照孤帆，沙渚寒鸭眠。

春愁

惆怅立春二月初，江南山水寒雾蒙。
不知阳春花开处，今人几多笑春风。
花落愿春缓缓来，花开人先早憔悴。
春雨春风春愁人，花若长盛我愿悴。

欢迎恩师来重庆

川西川东早春来，
千里云雾两地寒。
待到暖春雁成行，
桃花成海梨雪漾。
春风渡过江南岸，
恩师何时旧地看。

顺其自然

春天里就没开花，何来愁春的别。
一叶已发芽，风雨里也会渐渐绿满。
无论季节爱与不爱，盛开与坠落都会亘古不变。
平常事也不能更改。
既然是生命，那就顺其自然。

春之路

一叶绿醒万山春，
桃花成海渡春航。
梨花雨下春欲别，
满林空枝等春回。

临海有感

海水粼粼起波澜，
天边隐隐卷潮水。
沧海明珠藏深处，
人间有泪滴海蓝。
九龄当年颂明月，
我问明月升何海。

感孔子之《春秋》

春秋笔法写历史，
镌刻忠奸是非字。
鉴史评说德与行，
古训引导今人为。

风对雨倾诉

我呼你千万遍雨啊，
你总在云里不出。
蓦然间你轻轻飘逸，
在我迷茫的睡梦时候。
有一天，你从天而坠，
我听到了千古的音愁。
急切向你飞奔，多想替你解开千千愁。
然而却走不近你的心，
千古的晶莹剔透，
一直流淌着纯净的执著。
问雨，你可知风雨壮丽同舟？
风从来爱雨，哪怕雷电纵横。
更浓。

三亚听海

——『卜算子』谢恩师

日日听涛声，声声无价音。
恩师诗话如珍珠，此生受益深。
海上生明月，张九龄，诗句千年音。
蓝海长流长赞颂。
又传恩师歌韵美，如月升海夜。

春绿

早春二月初转暖，
泥土似乎听声来。
昨夜还寒挡不住，
今朝已经看绿颜。

岁月有感

如今人老对霜秋，昔日山崖满藤枯。
西风常催黄昏雨，雪发无声说春落。
春蝶自古远秋云，青丝总负岁月情。

寒风语

霜寒不说春天云，莫对明月辜负雪。
一世素梅有前约，风流不负梅与雪。

寄情

雪发映霜脸，身与疏星晚。
冬后有春潮，人老寄后代。

梦醒时

霜染发成雪，梦回老纵横。
眼前园已春，了却心中情。
祝福树成林，朝晚照日月。

溶化身心

——海南记忆

椰子树影投在我身，
我心沉浸在海，汇成蓝色相思曲。
回响其实早过三生。
今世，连云雾也一起痴情。
海天一色，溶化了我的身心。
有什么理由不眷恋成永恒。

轻问皓月

草暝河堤，初春浅苗，薄雾散下寒凉。
当时夜泊，疏星温暖泽国。
灯火岸，瓦房连，明月映，柔美夜画。
谁人萧声，动人心肠，越过横桥。
四十年梦一场，似萧声刚过，余音还绕。
岁月万感，照水已是苍茫。
又黄昏，归雁声，屋檐处，第几代音？
那人何处，知音是谁？轻问皓月。

喜迎春节

梅落草春温暖天，发霜添情爱后来。
举烛西窗贴春花，喜迎春节合家欢。

静夜琴声惊人

静夜琴声如诉，
蓦然惊心。
怎么会不牵动。
我的魂进入了音，
还是弦惊动我魄。
不能入睡还是梦不敢醒。
怕清醒就失去了生命的美。
怕永远找不回生命。
爱得深沉不知是第几回。
生怕爱不能永恒。
我愿一生不醒。
梦醉今生。

最美香梅

——赠梅含才女

古今读梅从来爱，君子真诚寄高远。
最是清溪一横枝，黄昏月影暗香云。

迎接新春

春风裁得景色美，红花绿叶锦上添。
岁末请出新年到，不尽温暖扑面来。

写在儋州

踏上儋州心如潮，苏轼光芒古今照。
诗人问月几时有，海上明月已升华。

牵牛花牵心

——往三亚路上塞车有感

千千万万浅紫的牵牛花，
点缀在碧绿的藤叶上。
紫玉般镶嵌锦上添花。
或遍地开满，或泼洒向下。
那么美，却注定不是永恒。
既然我与你擦肩而过，何必太匆匆，
塞车道上，我有幸慢慢看着你，
记住你的今生的美好年华。
我爱你，美丽的牵牛花。
此时相见，
你已牵住了我的心，
一生不忘。

春回

花开春风里，香飘鸟徘徊。
人醉云天外，梦醒城郭艳。
千里共春天，万物同时间。
美好种此时，硕果待将来。

美景钟情

——海南胜地游

是什么时候人间有、如此璀璨的蓝宝石，光芒四射，
引人入胜我步步倾心。
你如此深邃，我如此深情。
浑然天成旷世美玉，爱慕你惊艳撼人。
静静的温润，醉醉的相思。

融化

海风你快吹去红尘的喧嚣，我只想听海的浪涛。
黄沙你快遮掩多余的物质，只要干净的海岸，只要黄沙、花草。
我太爱太阳升起在蓝海，海岸只有物华天然，海中千层浪水堆起雪花。
我深爱海上升明月，月下一片宁静波光，偶听卷涛。
一片寂寥黄沙，偶尔树叶声发。
天下苍茫海水苍茫黄沙茫茫。
我独对苍茫心随苍茫，独对物华。
生命融化。

回唐睿有感

海风吹尽红尘疲，浪潮卷走万古愁。
走向蓝海看明月，九龄苏轼正唱吟。

大海，我想对你说

如果天下有最美的景色，
我想知道该在什么地方，在什么时候。
大海请你告诉我。
如果天下还有哀愁，大海就请你将它带走。
万古的深情一浪一回头，大海你在眷恋着什么？
你的痴情如果能留住世间的美好，
大海，你便是世上最美的景色。
用你万古的执著，千古的浪潮定会带走人间的愁。
如果远古卷来的涛声，能安顿今世的红尘喧哗，
大海，你便是世间的宁静美色，每滴海水都滋润着生命的魂魄。
超凡脱俗。
大海，如果你爱我，就让我今生夜夜入海之梦。
我便是沧海一粟。

江南春色

暖来落尽一枝梅，日暮香尘别。
飞燕惊起鸣清溪。
只有空枝斜、挂钩月。
万物听声细发生，月下天籁音。
日出东山登高处，赠我江南春色、桃花明。

海天一色有感

海天一色，面对苍茫浩大乾坤，我有什么理由不惊魂？
有什么理由不倾心？
有什么理由不思慕一生？
大海，你有什么理由拒绝，
我独对你一见钟情。

因果

人心空白，所以天涯孤独。
天涯寂寞，因为归帆无由。
天地苍茫，因为人心茫茫。
心向白云，所以红尘无挂。
人生透彻，所以不怨红尘。

沉默

如果沉默仍会被人说道，
那么再次沉默则是最好的暴发。
便是深度的自在。
暴发的是深沉的人生安顿。

如果

如果泪水可以冲刷人间的哀愁，那么江河大海，究竟倾注了多少千古泪珠。
哦，万古的忧愁总会奔流不复。
如果苍天可以不老，千万云朵一定是青春永驻。
四季的风雨又在诉说什么？
是不愿天长地久，还是悲悯人间愁多？
如果杜鹃啼血是悲春的别离，人间的呼唤是想留住什么？
古今留下了什么深刻。
如果泪水成湖已无涟漪，人间还需泪落？
如果千古的沧海都已桑田，生命的泪水可浇万物。
世间中包括人，不应有恨，泪水也只是为了成珠。
晶莹剔透的生活。
把人生珠泪抛向江海，如果能够。
寂静从容。

假如

假如善美总受到伤害，
春天还会不会花开，黑海的灯在哪里。
假如爱的给予汇成海洋，
海上几时会升起明月，明月未必喜欢此时。
当然太阳从来爱山水，只是未必愿见明月。
假如我是一只蝴蝶，
定爱春天，也爱夏秋冬。
定能找到每个季节的花朵。
把花香洒向大海，香流四方香满天空，
唤起每夜的明月，迎接每天的太阳。
让日月互相欣赏。
让生命互相欣赏。
让善美种在心上，成长在海洋。

天生连

河藕莲子天生连，根藏深泥为籽甘。
莲蓬日月胖茁壮，秋去冬来根寒潭。
白嫩肥颗粒，老根寄后塘。
不知现在和今后，玉粒可知根冷暖？

雨中思

满城春色雨忽来，
春雨更滋美容颜。
物华应是天赐予，
人间该惜真诚爱。
滴滴雨声如诗音，
朦胧山水是画卷。

山老

山老贫脊，瘦骨嶙峋，
衰草听风太急。
曾经树绿，花妍鸟恋语。
日薄青山托月。
月色下，幽幽清水。
凭栏处，
听鱼欢声，频跃水溅起。
四季，如画卷，
秀山多姿，寄情千回。
沧海变桑田，河有枯竭。
泥土飞走风卷，草木累，流水也歇。
忽见山，
春雨无声，有绿朦胧情。

感动时间

年年桃花羞待嫁，
艳在春天蝶为郎。
人生不再如初见，
转眼儿孙已满堂。

思

天地精神独往来，
世间真爱多感慨。
沧海明珠难寻找，
蓦然回首明月在。

深情地爱

面对萧瑟的冬天，深情地爱。
泥土永远挡住冰冷的风雪，
用母亲的温度温暖着万物，一直到春天的到来。
那时生机一片。
对土地母亲我们应该爱得深情。
感恩严寒中的慈母，母亲如此执著大善。
您的坚守是为了世间的生命蓬勃永远。
面对风雪，我深情地爱。

初悟

长风扫除万里尘，清波荡走千种埃。
春风拂雪去寒意，莲花照人度红尘。

人应感动

家住岸边长江头，春潮卷浪雪几千。
云开远见百帆竞，万里碧空微微风。
涛声依旧思无限，夜来水声枕梦流。
似水年华声声岁，长江头上听水歌。
明月有情水有意，人应感动江潮路。

今昔

迢迢春秋，曾经我行路。
回首风雨与日月，已成天边淡泊。
春天桃李芬芳，秋风秋雨落叶。
日暮人更慈爱，晚霞人愈深情。

对生命爱得深沉

爱得太深，对珍贵的生命。
因为深沉，包括万物以及尘粒。
所以默默相许。
相许我与你寂静欢喜，相守一生。
我其实就是一草一木，一滴清水或一粒尘土。
你的生命在哪里，我的爱就在那里。
钟爱一生。爱得深沉，
因为你是世间的珍贵生命。

一种时间

明月一秋凝了霜，高堂一暮发成雪。
流水一过别离伤，相知一生情难却。

伟大的哲学思想

老子在终南山写下的《道德经》，滋养了中华民族的精神。
伟大的哲学思想，文明的最高概念。
听说老子早已羽化成仙，《道德经》却实实在在飞翔在全世界。
与《圣经》比翼至今。
赢得世界的无比尊重。
是对天地的崇敬和万物的礼赞。
向往和谐是全人类的追求，《道德经》与日月同辉。
光芒永在。

一种感叹

一枝寒梅惊风雪，一片绿叶迎春色。
一盏灯塔亮海夜，一生至诚有价值。

感动灵魂

——冰上双人舞蹈感叹

每次对我的打动，直击心灵。
我无言地任泪长流。
只要一次，就感动一生。
那么深情，
生命如此美丽。
如蓬莱仙子惊艳在红尘。
惊鸿一瞥留下永恒。
是生命的彼此深情，
诉说在冰天，缠绵在白雪。
只有爱情。
相思一世。
深深、打动我的灵魂。

问永恒

是太阳追求月亮，
还是明月追求红日？
昼夜往复，
千古轮回。
总追不上，
这样执著继续，
叫不叫永恒？
永恒是多少个轮回？
男女相爱不一定是谁追谁，
如果白头到老，
是不是永恒？
永恒是多少个日月？
谁见过永恒？

拿什么献给

水是滋养，滋润泥土滋润树木。

泥土并不索取，只是为了滋养万物。即便是大旱干裂，泥土坚守。

等到雨水再润新绿。

草木离不开水，从来依靠泥土。

上苍创造了生命，创造了人类。

世代生生不息。

水是生命的源泉，深深感动。

我们是不是也要永远感恩母亲的孕育？

感激养育的千辛万苦。

树木花草，把自己的美丽都献给了泥土，献给世间，从来执著。

我们，拿什么献给自己的母亲，即便母亲从不要求。

我们拿什么献给山川河流，

拿什么献给美好的祖国？

清水芙蓉

——献给远方久违的你

我很年轻时，你只是小小的女孩童。
你如此美丽，让人喜爱激动！
大家也是爱你左右。
我用微薄的私房钱给你买糖果，你终于答应，让我给你梳辫子花花头。
我梳得一往情深，还用心扎起美丽的蝴蝶结。
凝望着漂亮的刘海下，一双美丽的眼眸，长长的眼睫毛那么生动。
让人简直爱不够。
曾记得，带你到河边玩，回家时你已睡着。
我从中渡口的河边，一直背你走过长长的汉渝路。
经过长汗长坡，回家时你还在睡梦。
那么美，睡得那么熟。
醒后，便欣喜若狂地给你吃糖果。

自从我家婆婆带养你，
你便是宝贝一个，心爱的妹妹美到心头。
不知何时，已与你分别到如今，只能阵阵梦云飘过。
偶知你在他乡，早为人母。
你的女儿一定美如天仙，与你一样。
但愿你开心幸福，美目从容。
也许有一天你已认不出我。
风雨沟壑。
但我一定认得你，清水芙蓉。

春颂

桃花三月尽红云，千点碧玉翠叶成。
最美春色举杯颂，醉在花下有情人。

送友人

相见东山岭，云游偶然遇。
旧时故乡人，更是同窗情。
已过四十年，薄霜对轻雪。
此处难相见，又在此地别。
飘云游子心，落日故人意。
转眼风吹叶，根在故乡里。

情为何物

——感叹元好问之《雁丘词》

一世恩爱双飞雁，分离偏向同丘眠。
情为何物问世间，生死相许好问慨。
人间夫妻红尘路，谁教日月共恩爱。

咏风

春吹万物生，绘成山水绿。
夏天一缕清，添了荷塘韵。
清秋付寒水，醉听叶落冷。
为梅卷飞雪，与人静赏梅。

春风词笔

一夜春风春色，绽放在黎明。
透过晨曦，花树艳丽。
春风词笔对生命如此爱意。
我们拿什么，来表达敬意？
春风词笔，
世间最神奇的美丽。

樱桃红玉

樱桃剔透红，水灵灵挂满一树。
娇艳玉如，秀色玲珑。
是哪位仙人撒下了玛瑙，
长成红豆一树，红尘夺目。
花开仲春香，红艳与洁白。
果子束束，凝结在初夏鲜亮的红。
点点都是相思意，颗颗让人心动。
千百红玉，蜜意温柔。

叶初绽

一声鸟鸣春醒来，百花渐渐山色艳。
春风不染霜雪发，老颜眷爱叶初绽。

荷塘韵

夏日有荷塘，芙蓉出清水。
风动佳人漫，雨羞美人颜。
千里清芬来，留香凡世间。
满叶天珠滚，天籁感人间。

千里花与香

——献给女儿王一

看尽南山花艳浓，篱笆内温柔。
头顶飞舞是云鹊，拜托采红颜。
衔送蓉城一佳人，千里也见情。
再请清风度篱笆，渐飘香，沁醉她。

春景

桃花成云柳为雨，江南春色艳彩笔。
双燕嘻飞浅鱼惊，春山路上人如织。

春润

春雨润春泥，春在土中醒。
万物同泥生，千姿百态韵。

悠然

水起清波剪流云，天上鸟儿水中影。
湖光山色舟荡漾，自在乾坤悠悠行。

庭院美

——老家有感

翠山环绕小楼院，庭边云淡芭蕉卷。
蝴蝶上阶飞，窗台花自艳。
庭前枇杷叶，细竹一簇春。
几声雁儿过，园下湖水清。

绝佳

江天一色白雾浩，何时瀑布从天降。
为必鸟惊银河水，天上人间梦一样。
世间正做春天梦，云雾茫茫梦正好。
劝君可近水连天，云雾深处有绝佳。

杏花玉色

与春天遇，矜持在春风里。
款款走来。
玉色从容，淡淡粉红。
深情的冷艳，阳光下剔透的容颜。
朵朵片片，吐露着清丽的芬芳，是千年前的大家闺秀，留在了今天。
只为春天，不争春天。
留下典雅的淡淡诗篇。
醉了春天。
是月下的风华，夜里的佳人绝代。
雨中优雅缠绵。
楚楚玉人，是天上的粉红润玉，遗落到了世间。
春天里渐渐光艳。
美若天仙。

桃花树下与你遇

又是一世桃花盛开，艳丽的生命在春天约你，
也邀请了我。
春天说，桃花树下与你遇，
正是前世的姻缘，
桃树，便是善良与美意。
没有姻缘哪来今世，
没有花开哪来相遇。
春天已温暖，桃花已盛情。
今生你我的善缘，当明月升起时，
让我们真诚地相遇在桃树下，
爱在春风里。
爱上一世。
同看桃花开在每个春天里。

咏桃花

一枝桃花横春天，占尽风流春前艳。
明媚鲜艳惊了春，一朝飘落风也眷。

春雨桃花

春雨带风入桃源，烟雾朦胧羞红颜。
江南春色水墨新，人醉桃花花自艳。

蝶

为恋春花等羽化，生翅飞奔爱红颜。
花蝶相守一世亲，两情相悦不负约。
零落也定来生缘，惊艳春天万古迷。

回眸

——有感生命起源

从远古跟随你走到今天，
一次次看见你的回眸。
那样温暖，
虽然只是一瞬，
已经热泪长流。
惊鸿一瞥定格成永恒。
后面是生生不息。
人类的起源，
伟大的人类跟着你的脚步，
早已是万古人海壮阔。
浩瀚无穷。
温暖的频频回眸。

爱春风春雨

春雨下便凝成颗颗珍珠，
欣喜中看见了我的宝贝。
颗颗珍珠滚满大地，
春风吹便绽放成万物，
蓬勃生长。
那么多我都爱，
宝贝知不知，包括你们。
春天里我是什么，肯定不在鲜艳里。
不重要，只要春天艳丽。
只要我深深爱着春风春雨。
爱多彩的生命！
亲爱的美丽宝贝，
那么深情地爱着你们！

皓月佳人

醉蝶迷在月色飞，不负鲜花又一生。
琳琅满目星星烁，皓月佳人花丛约。

步入桃花海

烟雨蒙蒙桃花海，清溪潺潺映红颜。
步步入林听花开，隐隐已觉仙人谈。

春情在

——雨中感

虽雨必竟三春天，惊蛰不埋春情在。
桃花带露更醉人，春分到时红绿遍。

春之暮云

暮云低树晚三春，
烟云朦胧藏羞涩。
云破月来花弄影，
花云静静入湖泊。

梦桃林

桃花三月梦桃花，问君梦见在何方？
我见溪边一枝红，白云淡淡有竹楼。
款款仙子一横笛，吹向月下芬芳明。
梦醒时分窗外静，渐渐又入梦桃林。

桃花诉

本是春天瞬间红，
有谁知道芬芳薄？
花开花落年复年，
世间谁是君子逑？

进山

步步听山空对林，
一鸟飞过叶动云。
隔雾依稀有泉清，
山茶一枝正含情。
夜色早迷来时路，
梦已泉边花露滴。

姑娘你何时来

明月已经升上来，鲜花静静开。
芬芳香了夜空，蝴蝶不请自来。
姑娘，你何时来？
今天的月亮真好看，
鸟语正婉转，草木也缠绵。
姑娘你何时来？
我是横桥旁边那片原野，生长了千年。
姑娘，
我一直等你来。
四季与白昼都在。
桥下的清水一直吟唱，
流淌着对你的思念。
姑娘你何时来？

秋夜

空山秋雨收，轻风晚来度。
滴水响谷音，明月照湿路。
深浅一蓑笠，悠然对物说。
朦胧夜色行，渐渐音空无。

秋日

朝明山木辉，秋清风带闲。
溪水淡淡音，暮鸟相与还。
落晖涌金滟，夕照铺秋山。
秋晚饮烟染，朦胧辉映间。

秋夜听

明月照秋山，
山朦人闲步。
隔林处听音，
琴瑟秋水共。
声声似雪来，
如冰清肺腑。
落叶铿锵掷，
花谢静无音。
执著如生命，
弦断听哀鸿。
秋山轻风起，
秋月照清静。

桃花盛艳

花无言春风有爱，花自春桃红成海。
千年不变的春暖，年年是桃花盛艳。

联想由衷

桃花春艳如玉暖，只想住在桃花海。
芙蓉清水照月容，怦然心动玉人出。
秋风愁成梧桐雨，前世相思飞叶说。
丁香愁结永不散，世间究竟几多怨。
一树海棠深情红，哪段爱情凝结浓。
清溪横月一枝梅，古今诗人叹永恒。

雨后景

山水初见烟云漫，风物羞涩遮薄帘。
轻纱飘连春野晚，叶滴落地响空山。
疏影摇曳星月梦，轻风悄入天地怀。

何当共舞

山雀溪边花草鲜，倦客木桥斜阳渐。
当初鸿雁未有归，何当共舞春风怀。

迷醉人

桂蕊初生秋深情，秋夜明月澄清景。
如玉点点银辉映，缕缕天香迷醉人。

山中一夜雨

朦胧深山松石梦，非梦是梦随风度。
雾满江水落叶坠，叶溅寒江身冷透。
似听有人问路径，才知山中一夜雨。

秋居山

清静野山处，日照松间雾。
秋水流秋石，木桥横山谷。
竹下有茅舍，白云任人游。
月光明路径，脚步悠然度。
秋风响落叶，声声人生悟。

湖水恋

明净婉若玉，遗在田野春。
风华丽人质，静在幽山谷。
月带轻风来，美人传秋波。
涟漪荡凡间，惊了一春天。

山村有人家

灯火已黄昏，烟霭纷纷。
山村人家，窗内话语朴，平常淡淡续音。
偶听呼儿唤女，笑声飞出院门。
村野清香，飘空入云，雾遮千万苗青。
流水绕寂寂，疏星闪，夜深沉。
田有虫鸣。
一鸣金鸡，晨曦光美，轻纱朦胧，遍山遍野柔情，人蜜意。

石竹吟

石竹也，洛阳花。
花期在春夏。
遍地星星如，紫、红、粉，白皆朴华。
春夏美年华。
走过花期，便到秋冬，
石竹，家在何方？
草本无根基，
随遇而安，
浪迹天涯。
只要来到春夏，就有家。
处处春夏处处家。
切莫错过花期，别忘了家。
石竹，洛阳花。

栀子花，你慢慢开

清香玉若，
默默低调，静静美。
栀子花，你慢慢开。
给夏季一个冷艳。
一个长长的沐浴清泉。
给红尘一个优雅。
群芳羞惭。
给心灵，根植恬淡，
玉洁深入在魂魄。
人生清远。
慢慢开，让我们好好欣赏，
栀子花如玉温润，美丽容颜。
淡淡香雅袭来。

爱杜鹃花

春鹃花美在春天。
春留不住，花开只在三至五月间。
那么芬芳灿烂，却留不住春天。
春鹃花却美了整个春天。
报答着春天。
也许杜鹃花还想灿烂，也许春天的温暖杜鹃花太爱，
也许，人们对它有无比的留恋，
夏鹃花在夏天的六月盛情地开。
虽然留不住春天。
但夏鹃花，把自己的热爱奉献给了世间。
用热情，等待下一个春天。
因为对世间我们爱得深情，我们，对杜鹃花有着万般情爱。
杜鹃花，我们对你一生都爱。

春雨绵绵

水涨溪河春草生，烟雨轻。
麦苗葱郁挂晶莹，千亩绿。
柳舞不系征帆行，小桥别。
映入清水桃花在，谁等待？

泛舟春雨

两岸青山烟雨薄，远浦白帆低几幅。
朦胧景色春雨入。
北方有归雁，江南雨温柔。
夜来花语轻声言，泛舟已到琼林。
风敲横笛悠船头。
田田芙蓉簇，相对相思说。

淡雅

淡云流月弄清影，辉染溪水竹如洗。
轻风香自阑珊处，幽兰优雅芳草群。

惑

静夜钟声云雾山，细雨朦胧寒声传。
暮烟如织凝心事，谁在深处夜未眠。

惊艳

一枝海棠霜来艳，
惊了明月惊秋天。
冷中暖，秋里深情、云雾月色意缠缠。

思绪纷纷飞

雁雀不过冰雪山，微风江海浪非卷。
山水久对成友人，白云清风送诗句。
松作骨，雪为衣，清泉边上捧几饮。
从林深处住与往，斗笠装满野果归。

芦苇吟

风花惊飞鸿，冷颜清葩。
凌波玉人渡仙乡。
优雅静美谁可伴，只许梨花。
水澹芦苇悠，朴素无华。
前世应是仙草家。
明月照暖千水湖，探望芦花。

夏月里访荷

清香十里清人魄，白荷玉色，红芙楚容，皓月千里来赴约。
清风送舟访玉香，在水伊人，婉立琼洲，夜色平分在水乡。

小风景

风雨杏花村，薄雾绕柳烟。
湿花飞茅屋，暮色渔舟归。

白芙蓉

朴素总被百艳轻，清淡不羡它香浓。
质本高洁净为伴，在水一方明月惊。

蒲公英赞

轻花过潇湘，若蝶纷纷翩。
朵朵空灵渡，与风成诗画。
如雪洁白魂，朴素花无华。
温柔且典雅，从容一生飘。
吐出心中情，播撒生命爱。

物华各自美

——有感谷雨节

谷雨樱桃欲滴，
晚春牡丹买断。
何时万物登场，
东风自然点到。

桂花天香

明月照静晚，物华铺雪。
琼枝凝香桂花林。
占尽秋韵与秋色，月下更绝。
远近蝉虫声，都付秋鸣。
天香沁醉人不回。
秋梦正逢桂花酒，吴刚对饮。

茶花

蓦然玉人冬春度，
寒云薄雾冷胭脂。
一世爱慕相思碧，
雪里憔悴心如故。

雅韵篇

曲径深处藕花闲，蜻蜓轻轻点点。
云动风荷碧天连。
香飞百折扇，冷扇写诗言。
雨荷娟娟雅韵篇，清水芙蓉美叹。
风收雨歇荷静然。
清香漫云天，
明月款款来。

游山记忆

深山古木荫蔽日，苍林只靠湿香别。
陶然不知有世间，醉看隙下灯火明。
青山之下一清河，直抱明月静静眠。

烟雨图

一叶扁舟进烟雨，隔雾听荷水珠滴。
清香带露心扉醉，悄然只留荷在水。

雨后桃花源

雨后桃花带香云，不敢归去为香魂。
风吹才觉全身湿，何时进入桃花林？
春水刚沐美人醒，桃花雨醉桃源人。

兰草吟

兰若翩翩君子临，幽独空山仙风遇。
素玉风华万颜羞，寒韵迟暮归美人。

梧桐琴声

冬至梧桐黄叶凋，凤凰早飞远筑巢。
桐木应配琵琶弦，东汉蔡邕现代逍。
琴瑟细说五娘心，霜风梧桐枝叶分。
凤凰曾恋梧桐绿，温暖已去休怪离。
做成琵琶不怕冷，冷弦可弹温暖春。

流水思绪

长流无浪复无烟，
随水相思心渺然。
红尘滚滚有驿站，
何处江岸可靠船？

知我心

满天星，恰似千言万语。
除了有风无他音，饮风一夜穿透心，星星知我心。

芦水恋

白芦飘渺倾泽国，蓝水轻波呼秀色。
滟滟浩荡情独苇，株株倾心意水中。

惜日出

情爱点点凝成珠，执著从来在心头。
倾情只为颜如玉，黄昏之人惜日出。

诉说

请江河停住奔流，记住两岸梧桐。
伤心泪水点点滴，枯叶正当风。
响声有雨冲。
请浪席卷残叶走，让叶远离哀愁。
望海阔天空土净，万般情意真，
人间无离忧。

为谁弹

泠泠琴声深夜传，
随风卷入空月台。
恰似当时月下音，
不知此琴为谁弹。

梦远

听雨春梦渐渐声，渐行渐远渺渺音。
梦路不知天涯角，天涯明月迎倦客。

何处无忧愁

何处无忧愁？
心偏装暮秋。
满山木，不雨也零落。
秋水更寒飘泊心，又霜月、秋冷透。
年华梦中度，繁花已落空。
天际水，哪能回头。
天地冷暖从来复，
风雨酒，潇洒喉。

清静

暮来云低水，天欲晚飞雪。
调弦对空山，片片雪弹冷。

蓦然

桃花开年年，今春蓦觉惊。
颜容老来时，才识春天新。
顿悟曾淡忘，悔恨不识珠。
天上有白云，山间有清泉。
一路有好人，世间多真情。
《康熙字典》深，潘字是泉名。
您是我恩人，您是黑海灯。
您是桃花美。
您是一片春。

寻找当年的

天空下着雨，风里行走，
痴情寻找当年栽下的那棵树。
记得是种在小河旁，
旁边有棵秋海棠。
你说秋天的海棠是冷中的艳色，
如此美丽如此深情。
我们从此在旁种下了一棵丁香树。
与海棠相思相爱凝结永恒。
雨雾朦胧，那条河烟云漫渡。
岸上也迷茫一片。
那棵树在哪里，哪里藏有树？
哦，是许多年前的两棵树。
秋海棠与丁香树。

那天如果来临

那天如果来临，
满城春色。
却是在寒冬季节。
该怎样来赞美风雪？
那天如果来临，
满天潇洒落叶。
却是在寒冬季节。
该怎样来赞美深秋爱上风雪？
那天如果来临，你我生死相惜。
在任何季节。
任何情况。
该怎样约定我们的来生？
是不是也可以赞美？

不愿归

蓝天之下伫绿草，
微微春风吹薄衣。
春山隔云相望远，
天际飞来雁多只。
广袤原野繁花艳，
轻雨更添妩媚姿。
清风缕缕传香晚，
夜色沉静不愿归。

柳意

风吹杨柳千般扬，丝丝条条是清狂。
翠绿枯枝皆相守，只为过客诉衷肠。

春潮

春潮带雨夜来音，风中鸟声未曾眠。
朝雾隔看舟自横，旷野连江空无人。

那粒珍珠

——明月

千年人间爱珍珠，风雨泛舟沧海寻。
明珠多泪少一粒，万年早奔夜空明。

秋雨秋风

暮云低水冷风，掠起晚雁草丛。
渔舟横野听雨，淅沥绵绵薄雾。

一彩蝶

暮色溪边一彩蝶，徘徊已久不离别。
两岸只有沙与石，蝴蝶本应爱芳容。
莫非寻找前世爱，等到石头开花出？

秋惑

登高望秋月，
霜洒满地白。
田野结硕果，
飘叶落纷纷。
秋聚金色美，
愁绪凝秋零。

丁香凝

一树玉容在，
素心藏情深。
绽时花有泪，
离别已倾心。
满是愁惆凝，
空在雨中结。

潇潇对蝶语

潇潇蕉雨，敲醒空夜人已起。
几度徘徊，西风又吹梧桐寒。
几多风雨，到春还须经雪冷。
世间蝴蝶，人间也盼春暖临。

春去秋来

数声哀鸿，
惊起回头，梨花飘雪。
春雨无奈，春风欠意，
丁香幽怨愁结，与海棠、辞在春别。
秋水伊人，吹箫对月，不关季节。

情意

秋水荷塘留相思，芙蓉出水情种泥。
幽梦远去别夏花，一池清水秋藕结。
青春老，鬓霜凝，人生秋天风来急。
夕阳从来花叶暖，日落花开两相铭。

再好的月色 也不免凄凉

——有感张爱玲之言

再好的月色，也不免凄凉。
月圆，未必花在，更未必花笑。
月下的人，也未必如约到。
明月如霜，没有丝毫的温暖，寒意，却无处隐藏。
明月如水，是明月有泪，早在亿万年前的沧海，
珍珠泪水凝成霜雪，苍凉在夜色的天。
明月孤独夜空，高处不胜寒。
也许是花好月圆，也许是如约人到。
但再好的月色也不免凄凉。
天空会起风雨，春天会辞别。
月会缺，花会谢，人会远。
即便再现，已是物非人非，再好的月色也不免凄凉。

仓央嘉措哀叹

别后情伤何所寄，千里雪域相思。
如今红墙当王错，憔悴心思，满天白雪知。
一场飞雪当时梦，分明情到深处。
寂静相爱匆匆断，香消遥痛，魂飞千里路。

梧桐落叶说

一生一树一次别，西风两处销魂。
冷雨伤落同根思，秋为谁生？
纵在春天同绿，
梧桐冷先飘零。
一生一树一次别，
难舍根情。

风雨竹绿

何时江冷水边竹，风也萧萧，雨也萧萧，苍苍风竹雨来浇。
树木花草有零落，春也有零，秋也有零，竹是四季皆是绿。

雨后缠绵

雨后青山披薄纱，方塘袅袅雾生香。
海棠风醉千山颜，琴对晓月空野弦。

嫁与风

四季花开各嫁风，艳在当时不需媒。
不是喜新厌旧吹，花飘零时风也悲。

秋语

白云多情应笑秋，笑秋如今。
辜负春天，冷冷幽幽独自行。
怕说梨花当时雨，落遍河溪。
海棠深秋，问遍梦里可无忧？

花开花谢

芬芳香吐夜空云，三分春色二分明。
东有明月升，清风无限情。
雨冷一分颜，淡婉杜鹃听。
花随春风生，雨落梨花雪。

春问

一场春雨谁知道，桃花一霎东风老。
春色为谁增，梨花早雪飘。
一望连天碧，极目旷野青。
绿满春暮中，渐渐落芬芳。

清冷

远寺钟声白云度，
烟浦独舟寒水送。
萧林何人弄古音，
一叶落江冷声出。

李白花间一壶酒，举杯邀明月。
王维深情道，劝君更尽一杯酒，西出阳关无故人。
见杜甫，会当凌绝顶，一览众山小。
王维道，我心素已闲，清川澹如此。
听孟浩然，荷风送香气，竹露滴清响。
松月生夜凉，风泉满清听。
更有韦应物，涧底束荆薪，归来煮白石。
杜甫劝，白首放歌须纵酒，青春作伴好还乡。
即从巴峡穿巫峡，便下襄阳向洛阳。
孝子孟郊道，谁言寸草心，报得三春晖。
杜甫呼来，感时花溅泪，恨别鸟惊心。
李商隐叹，何当共剪西窗烛，却话巴山夜雨时。
李白更叹，君不见高堂明镜悲白发，朝如春丝暮成雪。

陈子昂低吟，念天地之悠悠，独怆然而涕下。
李白喊，欲上青天揽日月。
张九龄呼，海上生明月，天涯共此时。
看常建，清晨入古寺，初日照高林。
杜甫说，露从今夜白，月是故乡明。
鸿雁几时到，江湖秋水多。
王维慨叹，明月松间照，清泉石上流。
万壑树参天，千山响杜鹃。
韦应物道，何因不归去，淮上有秋山。
戴叔伦说，天秋月又满，城阙夜千重。
李益又说，明日巴陵道，秋山又几重。
刘禹锡却道，天地英雄气，千秋尚凛然。
白居易又说，野火烧不尽，春风吹又生。
韦庄道，乡书不可寄，秋雁又南回。

崔颢却也说，黄鹤一去不复返，白云千载空悠悠。
日暮乡关何处是，烟波江上使人愁。
李颀说，鸿雁不堪愁里听，云山况是客中过。
李白道，凤凰台上凤凰游，凤去台空江自流。
王维也说，云里帝城双凤阙，雨中春树万人家。
杜甫呼，肯与邻翁相对饮，隔篱呼取尽余杯。
王昌龄道，洛阳亲友如相问，一片冰心在玉壶。
韦应物叹，去年花里逢君别，今日花开又一年。
白居易叹，共看明月应垂泪，一夜乡心五处同。
李商隐叹，此情可待成追忆，只是当时已惘然。
王维说，红豆生南国，春来发几枝。
愿君多采撷，此物最相思。

宋词缠绵

李煜苦语，问君能有几多愁？泪眼愁肠先已断。

钱惟演，情怀渐变成衰晚。

范仲淹也，酒入愁肠，化作相思泪。

眉间心上，无计相回避。

张先，心似双丝网，中有千千结。

天不老，情难绝。

隔墙送过秋千影。

云破月来花弄影。

晏殊一曲新词酒一杯，

小园香径独徘徊。

斜阳却照深深院。

爱宋祁，红杏枝头春意闹，且向花间留晚照。

却见欧阳修，渐行渐远渐无书，知与谁同？

柳永叹息，多情自古伤离别！对酒当歌，衣带渐宽终不悔，为伊消得人憔悴。

细听晏几道，琵琶弦上说相思。

断肠移破秦筝柱。

苏轼天涯倦客，明月如霜，好风如水。

缥缈孤鸿影。

江海寄余生。

也无风雨也无晴。

惜秦观，柔情似水，佳期如梦，过尽飞鸿字字愁。

唯周邦彦，弄夜色，空余满地梨花雪。

有贺铸凌波不过横塘路。

梅子黄时雨。

周紫芝来诉，梧桐叶上三更雨，叶叶声声是别离。

听李重元叹，杜宇声声不忍闻。

欲黄昏，雨打梨花深闭门。

田为深情，铅素浅，梅花传香雪。
林逋更是，占尽风情向小园。
正见，疏影横斜水清浅，暗香浮动月黄昏。
却有廖世美，惆怅相思迟暮，
断肠何必更残阳，悄无人、舟横野渡。
吕滨老，小窗闲对芭蕉展，心与杨花共远。
却是张抡，满怀幽恨，数点寒灯，几声归雁。
看袁去华，念永昼春闲，人倦如何度？
残照依然花坞。
陆游慨叹，已是黄昏独自愁，更著风和雨。
正销魂，又是疏烟淡月，子规声断。
陈亮在叹。
辛弃疾呼，杜鹃声切。
啼到春归无寻处。

谁与我，醉明月。
天涯芳草迷归路。
蓦然回首，那人却在灯火阑珊处。
只见，淮南皓月冷千山。
西窗又吹暗雨。
起舞回雪。
嫣然摇动，冷香飞上诗句。
是谁在说？
听吴文英，夕阳无语雁归愁，西风梧井叶先愁。
又身在，云山深处。
笑声转、新年莺语。

感谢您与我一起慢慢跋涉，穿过千山万水，
真诚去叩开想要探望的一一房门。
尽情分享与生命的对话，
无论喜悦还是愁怅。
无论前世还是今生。
我们留下了长路的记忆，
懂得了对生命的更加珍惜。
我们彼此已经留下永恒。
深情地感谢您。
当我们从白云深山走出，蓦然回首，
一只蝴蝶翩然于云雾，此处并没有任何花朵，
它却在痴情地缠绵着什么？
是前世没有爱够，流连寻觅，
还是要从今生飞到来世继续相约？

图书在版编目（CIP）数据

枕石漱流 / 钱亚著. ——北京：科学普及出版社，2015.9

ISBN 978-7-110-09217-0

Ⅰ. ①枕… Ⅱ. ①钱… Ⅲ. ①诗集－中国－当代Ⅳ. ①I227

中国版本图书馆CIP数据核字(2015)第183703号

策划编辑　杨虚杰

责任编辑　鞠　强　张　宇

设计制作　林海波

责任校对　刘洪岩

责任印制　马宇晨

出版发行　科学普及出版社

地　　址　北京市海淀区中关村南大街16号

邮　　编　100081

发行电话　010-62103130

传　　真　010-62103166

网　　址　http://www.cspbooks.com.cn

开　　本　139mm×229mm　1/16

字　　数　198千字

印　　张　15.5

版　　次　2015年9月第1版

印　　次　2015年9月第1次印刷

印　　刷　北京金彩印刷有限公司

书　　号　ISBN 978-7-110-09217-0/I・442

定　　价　49.00元